D1431450

À TOI DE JOUER, MARIE-P!

Catalogage avant publication de Bibliothèque et Archives nationales du Québec et Bibliothèque et Archives Canada

Latulippe, Martine, 1971-

    À toi de jouer, Marie-P!

    (Les aventures de Marie-P; 5)
    Pour enfants de 7 ans et plus.

    ISBN 978-2-89591-108-1

    I. Boulanger, Fabrice. II. Titre. III. Collection: Latulippe, Martine, 1971- . Aventures de Marie-P; 5.

PS8573.A781A89 2010   jC843'.54   C2010-940682-6
PS9573.A781A89 2010

Révision et correction: Annie Pronovost

Tous droits réservés
Dépôts légaux: 3e trimestre 2010
Bibliothèque et Archives nationales du Québec
Bibliothèque et Archives Canada
ISBN: 978-2-89591-108-1

© 2010 Les éditions FouLire inc.
4339, rue des Bécassines
Québec (Québec) G1G 1V5
CANADA
Téléphone: 418 628-4029
Sans frais depuis l'Amérique du Nord: 1 877 628-4029
Télécopie: 418 628-4801
info@foulire.com

Les éditions FouLire reconnaissent l'aide financière du gouvernement du Canada par l'entremise du Fonds du livre du Canada pour leurs activités d'édition.

Elles remercient la Société de développement des entreprises culturelles du Québec (SODEC) pour son aide à l'édition et à la promotion.

Elles remercient également le Conseil des Arts du Canada de l'aide accordée à son programme de publication.

Gouvernement du Québec – Programme de crédit d'impôt pour l'édition de livres – gestion SODEC

IMPRIMÉ AU CANADA/PRINTED IN CANADA

LES AVENTURES DE MARIE-P

À TOI DE JOUER, MARIE-P !

MARTINE LATULIPPE
Illustrations : Fabrice Boulanger

À Alain M. Bergeron

MARIE-P TE PROPOSE UNE MISSION!

Développe tes qualités d'observation pour devenir détective, comme Marie-P! Cinq lettres mystérieuses se sont glissées dans certaines illustrations du roman marquées par une loupe 🔍. Cherche ces lettres, qui n'ont pas leur place dans le décor! Une fois que tu les auras toutes trouvées, remets-les en ordre pour former un mot. Ce mot te donnera un indice pour aider Marie-P à résoudre le mystère de cette enquête.

Note les lettres et vérifie ta réponse en participant au jeu «Mon enquête!», sur www.mariepdetective.ca.

Avant de Commencer Ma Nouvelle Aventure

Je me nomme Marie-Paillette... mais tout le monde m'appelle Marie-P, heureusement ! Je déteste ce prénom étrange que mes parents m'ont donné à cause de mes yeux brillants. En fait, il n'y a que mon père et ma mère qui m'appellent Marie-Paillette. Ou alors mon grand frère, Victor-Étienne, quand il veut me faire fâcher... c'est-à-dire très, très, très souvent ! Mon petit frère, Charles-B (Charles-Brillant de son vrai nom), ne veut jamais me mettre en colère, lui... Il est trop mignon !

Il y a quelque temps, j'ai découvert, dans le grenier de notre maison, un chapeau et une loupe qui ont appartenu à mon grand-père. Tu te rends compte ? Le père de mon père voulait ouvrir une agence ! Depuis, j'ai décidé de suivre ses traces. Moi, Marie-P, je serai détective privée !

Pour voir clair dans mes enquêtes, je note toutes mes aventures dans un carnet que j'ai reçu. Sur sa couverture, c'était écrit « Nota Bene ». Mais je préfère l'appeler simplement NB. C'est plus chaleureux, pas vrai ? Je suis prête pour ma prochaine mission. Toi aussi ?

Alors bienvenue dans le monde de Marie-P et dans les pages de son carnet NB !

1
UNE MISSION

Cher NB, tu ne croiras jamais ce qui m'est arrivé aujourd'hui... Tu te rappelles Cédric, le garçon de ma classe dont je te parle souvent? Celui qui est tannant, et exaspérant, et irritant... mais aussi, je l'avoue entre toi et moi, n'en parle surtout pas... celui qui est mignon comme tout? Eh bien, Cédric m'a convaincue de m'inscrire à une activité. Pas n'importe laquelle... il veut que je fasse partie de son équipe de... Non! Attends, je te raconte plutôt comment tout ça est arrivé. Reprenons du début.

L'école va bientôt commencer. Il a neigé toute la nuit. De gros flocons couvrent le sol de la cour de récréation. Une neige molle et lourde, parfaite pour faire un bonhomme. J'en prends dans ma main et je la malaxe pour faire une belle boule bien ronde. Juste à ce moment, le beau Cédric vient se planter devant moi :

– Qu'est-ce que tu fais ?

Je n'ose pas lui répondre que je fais un bonhomme, j'ai peur que ça fasse bébé. Je hausse les épaules sans rien dire. Il insiste :

– Je voulais justement te voir. Il faut que je te parle...

Cédric veut me parler, NB ! Février arrive bientôt... Peut-être qu'il veut fêter la Saint-Valentin en ma compagnie ? Peut-être qu'il veut m'inviter au cinéma samedi ? Peut-être qu'il veut que je dîne avec lui ce midi ? Mon cœur bat la chamade pendant que toutes ces images défilent dans ma tête. Laurie, ma meilleure amie depuis la maternelle, surgit soudain près de nous.

– Allô !

– Euh... je vous laisse, fait Cédric. On se reparle plus tard, Marie-P.

Je balbutie :

– Oui... je... pas de... c'est... pf... OK.

Cédric s'éloigne, Laurie éclate de rire.

– Je pense que Marie-P est... amooouuureuse!

– Pas du tout! Qu'est-ce que tu inventes là?!

Laurie se met à cligner des yeux et dit d'une petite voix:

– Oui... je... pas de... c'est... pf... OK.

Fâchée, et un peu gênée, il faut le dire, je m'éloigne à grands pas. Mes mitaines sont toutes mouillées. Pendant que je parlais à Cédric, j'ai serré les mains tellement fort que ma boule de neige a entièrement fondu.

> Laurie a raison: quand Cédric est dans les parages, mon cœur bat bien plus fort et je me mets à bégayer!

La journée est presque terminée et je n'ai pas réussi à poursuivre la discussion avec Cédric. Il y a toujours plein de monde autour de nous. Comme si tous les élèves s'étaient donné le mot pour nous empêcher d'être en tête-à-tête. Le pire, c'est que j'ai un mal fou à me concentrer, aujourd'hui. Je n'arrête pas de chercher ce qu'il peut bien me vouloir... Pendant que notre professeure tente vaillamment de nous apprendre la table de multiplication du 3, pendant que mes voisins de pupitre bâillent à s'en décrocher la mâchoire, je laisse mon esprit vagabonder... jusqu'à ce que, soudain, une feuille de papier pliée déposée sur le coin de mon bureau me fasse sursauter. Raphaël, mon voisin de devant, chuchote :

– C'est pour toi, de la part de Cédric.

Je déplie la feuille de mes mains tremblantes.

Marie-P, rejoins-moi
après l'école, stp.
À l'endroit où tu faisais
ton bonhomme de neige ce matin.

Pffft ! Moi qui croyais être passée ina-
perçue avec mon bonhomme ! Zut ! Je
cache vite la feuille dans mon pupitre
et j'attends impatiemment que la
cloche sonne. Dans 40 minutes.
Tiens, je devrais en profiter pour
mettre les multiplications en
pratique. C'est ma prof qui serait
fière de moi ! Dans 40 minutes...
ce qui veut dire, puisque chaque
minute compte 60 secondes...
dans 2 400 secondes. Oh là là...
Une éternité !

$3 \times 1 = \heartsuit$
$3 \times 2 = \heartsuit$
$3 \times 3 = \heartsuit$
$3 \times 4 = \heartsuit$
$3 \times 5 = \heartsuit$
$3 \times 6 = \heartsuit$
$3 \times 7 = \heartsuit$
$3 \times 8 = \heartsuit$
$3 \times 9 = \heartsuit$

Je bondis dès les premières notes de la cloche. J'enfile mon habit de neige en vitesse et je me précipite dans la cour de récréation. Que va faire Cédric ? Me parler doucement, les yeux dans les yeux ? Essayer de m'embrasser ? Le voilà enfin ! Il arrive près de moi à grands pas, d'un air décidé. Il me lance aussitôt :

– Marie-P, j'ai besoin de toi.

Ouh là ! C'est romantique !

– Il faut que tu dises oui !

Il ne va pas me demander en mariage, quand même ? Pas tout de suite ! Il continue :

– Est-ce que tu rêves toujours...

Je lui coupe la parole et je suggère, avec un sourire tendre :

– À toi ?

– Euh… non. J'allais dire : est-ce que tu rêves toujours de devenir détective ?

J'ai les joues tellement brûlantes que la neige doit avoir fondu dans un rayon de deux mètres autour de moi !

Quelle honte, NB ! Je fais oui en silence.

Cédric reprend :

– Tu sais que je joue au hockey ? Eh bien, depuis deux semaines, dans mon équipe, des cartes de hockey disparaissent. Au dernier match, je me suis fait voler Ovechkin, Gretzky et Malkin.

Je ne comprends rien à ce qu'il raconte. On dirait qu'il parle une autre langue.

– Et tu veux que…

– Comme tu es la seule détective que je connais, j'aimerais que tu t'inscrives dans mon équipe de hockey pour découvrir ce qui se passe dans notre vestiaire.

Finis, mes rêves de sortie au cinéma ou de promenade main dans la main... Malgré ma déception, je dis oui. J'accepte d'aider Cédric. Les joues toujours aussi rouges, je promets de m'inscrire dans son équipe et de résoudre le mystère. Il me remercie chaleureusement et s'éloigne. Je n'ai pas eu le temps de mentionner que je ne sais pas jouer au hockey. Que je ne suis pas très douée pour les sports en général. Et surtout que je sais à peine patiner. Et pas du tout freiner. Tant pis. Il y a un mystère à résoudre et je suis détective. Alors à moi de jouer !

2
UN ENTRAÎNEUR

Au souper, j'annonce à ma famille que je veux m'inscrire dans une équipe de hockey.

– Mais... tu n'as jamais joué avant, Marie-Paillette, s'inquiète ma mère.

– Et tu ne sais même pas patiner, ajoute mon père, moins diplomate.

Mon petit frère, Charles-B, ne réagit pas. Il est trop occupé à dessiner des ronds avec du ketchup sur le mur blanc de la cuisine pendant que personne ne le regarde. Quant à mon grand frère, Victor-Étienne, il rit tellement qu'il

> Qu'est-ce que j'ai bien pu faire pour mériter un frère pareil ?!

avale de travers et s'étouffe. Il tousse énergiquement en continuant à rire.

Devant leur manque d'enthousiasme, je n'ai plus très faim. Je joue dans mes patates avec ma fourchette. Au bout d'un moment, papa déclare, avec un grand sourire :

– J'ai une idée.

Victor-Étienne arrête de tousser. J'arrête de jouer dans mes patates. Charles-B, très appliqué, continue à dessiner des ronds en ketchup sur le mur avec ses doigts.

– Comme tu es très bon au hockey, Victor-Étienne, tu vas entraîner ta sœur !

Un silence lourd s'abat dans la cuisine. Mon grand frère devient rose, puis blanc, puis rouge. Il a encore avalé de travers. Il se remet à tousser plus fort. Quand il finit par se calmer, il grogne :

– Alors là, pas question ! C'est son idée à elle. Je ne veux pas perdre mon temps en essayant de lui montrer à jouer !

Il se lève et quitte la table en grommelant.

Je m'attends à ce que mes parents soient très fâchés. Mais non. Ma mère fait remarquer à mon père, d'un air ravi :

– Il s'améliore, quand même ! Tu as vu ? Il t'a dit tout ça sans crier.

Mon père semble aussi content qu'elle :

– Eh oui, on fait du progrès !

Aucun des deux ne semble remarquer

> Pas de doute, mes parents sont vraiment étranges, NB...

que mon frère a été très impoli. Qu'il a refusé de m'aider. Qu'il a quitté la table avant que le repas soit terminé. Ils sont juste heureux qu'il n'ait pas crié. Soudain, c'est ma mère qui se met à hurler :

– AAAHH !!! Qu'est-ce que c'est que ça ? Mon mur est tout rouge ! Charles-Brillant, qu'est-ce que tu as fait ?

Mon père ajoute :

– Oh non ! C'est du ketchup, il y en a partout ! Ça ne partira jamais !

Disparu, l'air ravi ! Je quitte la table à mon tour en disant calmement à mes parents :

– Vous avez remarqué ? Charles-B s'est beaucoup amélioré. Il a réussi à ne pas s'en mettre dans les cheveux et les oreilles, cette fois.

Ça ne semble pas consoler mes parents. Mais mon petit frère, lui, me lance un immense sourire à huit dents.

Je prends le temps de tout te raconter avant de me coucher, NB. Il est déjà tard, mes parents et mes frères sont couchés, mais je n'arrive pas à trouver le sommeil. Je ne sais plus si j'ai bien fait d'accepter. Je veux aider Cédric, mais j'ai peur de me rendre ridicule... Mon grand-père peut sûrement me conseiller ! Je mets mon chapeau de détective et regarde la photo de grand-papa, qui était lui aussi détective privé. Aussitôt, des étoiles se mettent à tourbillonner dans la pièce. Mon esprit s'agite comme un hamster courant après une rondelle sur une patinoire. C'est un signe ! Il y a bel et bien là une mission pour moi, NB ! Je dois persévérer !

> Chaque fois que grand-papa veut communiquer avec moi, je vois des étoiles quand je mets mon chapeau. C'est magique !

Un coup frappé tout doucement me fait sursauter. La tête de mon grand frère apparaît derrière la porte entrebâillée. Il chuchote :

– Tu veux toujours des trucs, Marie-Paillette ? Viens dans le sous-sol.

Il disparaît. Je me lève. Aussitôt, la tête de mon frère se pointe de nouveau.

– Mais d'abord, enlève ce chapeau ridicule !

Je pense protester, mais je veux réellement qu'il me donne quelques conseils pour le hockey. Alors je ne dis rien et lance le chapeau sur mon lit. Victor-Étienne murmure :

– Et ça reste entre toi et moi. Pas question qu'on sache que j'entraîne une fille pour le hockey. Ma sœur, par-dessus le marché. Et tu ne dis rien aux parents : je ne suis pas un esclave, moi ! Si je veux t'aider, je vais le faire. Mais pas pour obéir à papa.

Je ne dis toujours rien, mais je pousse un gros soupir. Décidément, mon frère aime bien se compliquer la vie.

Nous nous installons au sous-sol, la porte fermée. Victor-Étienne se cache le visage derrière un masque ridicule. Et un peu effrayant, je l'avoue. Il enfile ses lourdes jambières de gardien de but. Il recouvre une de ses mains d'un gant étrange (il appelle ça un biscuit). Je commence à me dire qu'on ne réussira jamais à jouer si mon frère met une heure à se déguiser… Enfin, il me met un bâton de hockey et une rondelle dans les mains.

– Tu sais ce que c'est, au moins ?

Vexée, je réponds :

> – Hé ! Ce n'est pas parce que je n'ai jamais joué que je ne connais rien au hockey.

Il ne semble pas convaincu, mais il va tout de même se placer devant le but que mes parents lui ont acheté à Noël. Je demande :

— Tu ne penses pas qu'on devrait prendre une rondelle en mousse ou une balle ? Ce serait moins dangereux...

Sûr de lui, mon grand frère déclare :

— Il ne peut rien arriver. Je vais attraper toutes les rondelles, c'est certain. OK, on commence par le lancer du poignet. *Shoote ! Shoote !*

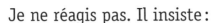

Je ne réagis pas. Il insiste :

– Vas-y !

Gênée, je baisse les yeux et murmure :

– Je ne comprends pas...

Il lève les yeux au ciel, agacé, et grogne :

– Au but, Marie-Paillette ! Lance !

Après ce départ difficile, pendant près d'une heure, il me fait faire des lancers, me donne des conseils, m'apprend plein de nouveaux mots. Je les note dans tes pages pour ne pas les oublier, NB.

> Hors-jeu
>
> Tirs de fusillade
>
> Mise en échec
>
> Snapshot
>
> Manger la puck

Je sais que c'est difficile à croire, mais on s'amuse beaucoup! D'abord, c'est plutôt drôle de voir Victor-Étienne avec son masque et ses jambières de gardien par-dessus son pyjama. Je ne dois pas être beaucoup mieux, en train de jouer au hockey avec énergie, les cheveux tout ébouriffés et en pyjama fleuri! Il y a bien longtemps que j'ai eu autant de plaisir avec mon frère. Tellement que j'éclate souvent de rire et qu'il doit sans cesse me rappeler de faire moins de bruit pour ne pas réveiller nos parents.

Je tente à présent de déjouer Victor-Étienne. Je fais glisser la rondelle sur le plancher de bois, je m'avance, menaçante, je prends un gros élan et je frappe de toutes mes forces.

La rondelle est propulsée
dans les airs. Mon frère
tend le bras pour
l'attraper. Catas-
trophe !

Elle ricoche
sur son biscuit et
frappe le store véni-
tien en faisant un vacarme
d'enfer. Elle retombe sur
une petite table, brise un
vase en mille morceaux.
Elle finit sa course dans
un panier plein de
bouteilles vides.

La porte du sous-sol s'ouvre. Mes parents descendent l'escalier, paniqués.

– Qu'est-ce qui se passe ici?

– Qu'est-ce que c'est que ce bruit?

Victor-Étienne a enlevé ses accessoires de gardien de but et s'est précipité au pied de l'escalier dès que mon exploit a commencé. Il bâille maintenant comme un hippopotame, se passe la main dans les cheveux et dit, comme s'il venait d'arriver sur place:

– C'est bien ce que je me demandais. Pas moyen de dormir!

– Tu t'entraîneras demain, Marie-Paillette. Il est temps d'aller au lit. Et on ne joue pas avec une vraie rondelle à l'intérieur! Quelle idée! conclut mon père.

– C'est vrai, franchement! approuve vigoureusement Victor-Étienne. Elle est bizarre...

Je suis furieuse. Je dépose mon bâton de hockey, ne réponds rien et vais me coucher. D'ailleurs, je suis un peu fatiguée. Et puis, je ne veux pas trahir mon frère. Il est exaspérant, c'est vrai, mais ce soir, il m'a tout de même bien aidée. Je crois que je me suis un peu améliorée.

3
DES DÉBUTS DIFFICILES

J e ne savais pas vraiment ce que
ça voulait dire, faire partie d'une
équipe de hockey, NB. J'aurais peut-
être dû réfléchir plus longtemps
avant d'insister pour que mon père
m'inscrive... J'aurais peut-être dû
m'engager dans l'armée, c'est sûrement
moins exigeant. Tu ne le croiras jamais,
cher carnet : pour l'entraînement de ce
matin, je devais me présenter à l'aréna
à 6 h 45... Oui, oui, DU MATIN! Et nous
sommes... SAMEDI! Personne n'est levé,
à cette heure, le samedi matin. À part
le camelot. Et ceux qui s'inscrivent au

hockey. Comme moi. Quelle idée ! Ça commençait mal ma journée, et ça n'a pas mieux continué... Je te raconte.

J'arrive dans le vestiaire. Cédric n'est pas là. Il n'y a que des gars et une autre fille. Ouf ! Au moins, je ne suis pas la seule ! Je reconnais quelques élèves de l'école : Raphaël, Dominic, Zac... Lequel est un voleur ? Tout le monde est en train de mettre son équipement de hockey. J'ouvre le sac que mes parents ont préparé et j'ai envie de pleurer de découragement. À part les vieux patins noirs de mon grand frère, je ne sais pas à quoi servent tous ces morceaux ! Et il est 6 h 45. Oui, oui, DU MATIN !

Je regarde discrètement autour de moi, embarrassée. Heureusement, l'autre fille de l'équipe vient à ma rescousse :

– Salut, je m'appelle Pénélope. En général, nous, les filles, on va mettre nos combines dans la toilette, puis on revient s'habiller ici.

Soulagée de ne pas avoir à me changer devant tous ces gars, je suis son conseil. Ensuite, en imitant les autres, j'arrive tant bien que mal à mettre mon équipement. L'entraîneur entre dans la chambre des joueurs, nous salue et me lance :

– Tu dois être Marie-Paillette Paré, la nouvelle ?

Comme chaque fois que quelqu'un dit mon nom au complet, j'entends des éclats de rire.

– Bienvenue dans l'équipe. Tiens, c'est le seul chandail que j'ai pour aujourd'hui, mais j'essaierai d'en trouver un à ta taille pour demain.

Je l'enfile. J'ai envie de retourner chez nous, NB !!! Le chandail m'arrive aux genoux. Cédric n'est toujours pas là. Et il est 6 h 48. Oui, oui, DU MATIN !

Je suis presque prête. Ne reste plus qu'à mettre mon casque. Je le prends, le pose sur ma tête et alors... un fou rire gigantesque secoue notre vestiaire. Je ne comprends rien à ce qui se passe, NB. Tous les autres me regardent et ils ne peuvent plus arrêter de rire. Je tente de rester digne, mais ce n'est pas facile.

Je sors du vestiaire en trébuchant, incapable de garder mon équilibre sur les lames. J'essaie tant bien que mal de rentrer mes cheveux sous le casque. Mon chandail m'arrive finalement un peu en bas des genoux. Cédric n'est toujours pas là. Et il est 6 h 52. Oui, oui, DU MATIN !

> Je n'ai qu'une chose à dire : je déteste le hockey.

L'entraînement commence. Je jette un regard du côté de mon père, dans les gradins. Il a du mal à garder les yeux ouverts. Pauvre papa ! Chaque nuit, Charles-B tient mes parents éveillés des heures à cause de ses dents qui poussent... Il faut vraiment que papa m'adore pour venir me regarder m'entraîner à 6 h 53. Oui, oui, DU MATIN !

L'entraîneur souffle dans un sifflet noir accroché à son cou et crie :

– OK, trois tours de patinoire pour commencer !

Quoi ? Trois ? Mais il veut notre mort, cet homme ! Je fais un premier tour. Je vais m'évanouir d'épuisement, c'est certain. Les autres vont si vite qu'ils m'ont rattrapée et en sont au deuxième tour. Je suis le reste du groupe quelques secondes puis ils me distancent à nouveau. J'ai tellement mal aux pieds ! Est-ce que c'est normal, que mes chevilles soient tordues ainsi ? J'essaie de voir si l'autre fille de l'équipe a les mêmes problèmes que moi, mais je n'arrive plus à la distinguer. Tous les

joueurs se ressemblent, avec leur casque et leur équipement. Et ils patinent tous à une vitesse folle. Soudain, je reconnais la fille à cause de ses longues tresses qui volent dans son dos. C'est elle qui patine le plus vite... Et ses chevilles sont bien droites. Je soupire. Je pense sérieusement à abandonner quand Cédric, tu sais, le beau Cédric, arrive enfin sur la glace. Il fait un tour, puis deux, puis trois. Je n'ai pas encore réussi à terminer mon deuxième tour. Mais tant pis : Cédric me lance un sourire éclatant et me glisse :

– Je suis content de te voir, Marie-P !

Mon cœur bondit. J'oublie tout le reste.

Pendant l'entraînement, mes yeux croisent souvent ceux de Cédric, qui me sourit chaque fois. Je suis presque contente d'être là.

> Je dis bien « presque » contente, NB. Il ne faut pas exagérer.

Je ne m'en tire pas si mal. J'arrive toujours à me camoufler derrière des joueurs plus grands et plus gros que moi, de sorte que l'entraîneur ne me voit pas trop et me laisse tranquille. Peut-être aussi qu'il fait semblant de ne pas me voir. Il a dû remarquer que je ne suis pas ce qu'on appelle un talent naturel. Plus que cinq minutes et cette séance de torture sera finie. Je lève la tête vers mon père. Il s'est endormi dans les gradins. Sa tête a glissé sur l'épaule de son voisin, un gros homme qui semble un peu embarrassé et n'ose plus bouger.

L'entraîneur souffle de nouveau un grand coup dans son sifflet.

– C'est bon, c'est terminé pour aujourd'hui !

Je me précipite tant bien que mal hors de la patinoire comme une souris pourchassée par un chat. Comme une gazelle poursuivie par un lion. Comme un... bon, enfin, tu comprends, NB. Cédric m'attend.

– Tu as aimé l'entraînement, Marie-P?

Autant que de me faire arracher une dent, oui. Mais je n'ose pas le décevoir. Je réponds plutôt par une autre question:

– Tu as apporté des cartes de hockey?

– Non...

– J'ai eu une idée, Cédric: demain, pour le match, apporte tes plus belles cartes. On va attirer le voleur. Je surveillerai les environs.

Cédric ne semble pas certain de mon plan.

– Tu es sûre?

– C'est toi ou moi, la détective?

Il hausse les épaules.

– OK, j'en apporterai. En tout cas... merci d'être venue. Je suis vraiment content.

Il se penche, m'embrasse sur la joue et file au vestiaire. Mon cœur va exploser!

J'attends d'avoir repris mon souffle et je regagne aussi le vestiaire en vacillant sur mes patins. J'enlève mon casque, mon chandail trop grand et tout mon équipement. Je garde les yeux baissés. Je n'ose pas regarder Cédric, j'ai peur qu'il lise sur mon visage combien je le trouve beau. Et gentil. Et intéressant. Et tout. Je suis contente. Cédric m'a embrassée et l'enquête est ouverte. Demain, la grande détective privée Marie-P se lance aux trousses du voleur de cartes. Je m'apprête à partir, mon lourd sac sur l'épaule, quand Cédric me dit:

– On se voit demain pour le match, Marie-P... Rendez-vous à 7 heures.

– Parfait. À demain soir, alors !

– Euh... c'est à 7 heures demain matin.

Oui, oui, 7 heures DU MATIN ! Les dents serrées, je ne réponds pas et quitte la pièce en rageant. Qui peut bien vouloir se lever si tôt chaque matin de la fin de semaine pour aller jouer au hockey ?! Il n'y a pas à dire, je déteste ce sport.

4
UNE SURPRISE

O h là là ! Quelle surprise ! Quel étonnement ! Quel choc ! Il m'est arrivé aujourd'hui la dernière chose à laquelle je m'attendais... Qui aurait pu prévoir que le hockey me rendrait si heureuse ? Mais je saute des étapes, NB ! Attends, je te raconte.

Nous sommes dimanche matin. Encore une fois, je me suis levée en plein milieu de la nuit. Oui, oui, NB, de la nuit. Personne ne va me faire croire que se lever à 6 h 30 la fin de semaine est un acte raisonnable et sensé. J'ai déjeuné et me voilà au boulot.

45

Mon père me laisse à la porte du vestiaire. Ma mère n'est pas venue. Elle a juste dit : « J'aime mieux ne pas voir ça ». C'est touchant, la confiance... Papa me lance d'une voix un peu inquiète :

– Bon match, Marie-Paillette ! Tu... tu es certaine que tu veux jouer ?

S'il savait ! J'aimerais mieux laver tous les planchers de la maison avec une brosse à dents que d'être ici. Ou apprendre toutes les fables de La Fontaine par cœur. Mais je n'ai pas le choix. J'ai une mission. Je murmure donc un petit « Oui » pas très convaincu et mon père me quitte. Il retourne probablement dormir dans les gradins. Charles-B a dormi à peine deux heures, la nuit dernière. C'est épuisant, avoir une fille qui joue au hockey et un fils qui fait ses dents... Pauvre papa !

J'entre dans le vestiaire. L'entraîneur me tend un chandail qui me va mieux que celui d'hier. Ouf! Et Cédric est déjà là, cette fois. Double ouf! Je demande d'une voix forte :

– As-tu apporté ce que tu m'avais promis, Cédric ?

Il semble étonné que je parle si fort. Il n'est pas le seul : tout le monde dans la chambre des joueurs me regarde comme si j'étais à moitié folle. Cédric bredouille :

– Euh… oui. Oui, oui. Les voilà.

Et il me tend trois petites choses.

Trois ridicules bouts de carton avec une photo dessus. Je ne peux pas croire qu'on ait envie de voler ça. Mais bon, concentre-toi, Marie-P, reviens à ton enquête.

Je lève les cartes au bout de mon bras, bien haut, pour que tous les voient, et je m'exclame :

– WOOOOWWW !!! Crosby, Sedin et Roy! Génial!

Dans la chambre des joueurs, tout le monde me regarde maintenant comme si j'étais complètement folle. Dominic me demande d'un ton ironique:

– Tu t'intéresses aux cartes de hockey? J'aurais jamais pensé!

Je n'ose pas lui demander pourquoi. Je redonne les cartes à Cédric, qui les range bien en vue dans son sac entrouvert.

L'entraîneur arrive dans le vestiaire, nous fait part de son plan de match.

– On réajustera tout ça entre les deux dernières périodes, précise-t-il. C'est nouveau, cette année: on a dix minutes de pause au vestiaire avant la troisième période.

QUOI? On a droit à seulement dix minutes de pause? Et on joue *trois* périodes? J'espère qu'ils ont prévu des ambulances pour les joueurs, après un tel exploit!

Je n'ai pas le temps de m'inquiéter davantage, le grand moment est arrivé: ma première partie de hockey va commencer! Tous les joueurs sautent sur la glace.

J'embarque sur la patinoire en me tenant bien fort à la bande. Victoire! Je ne tombe pas! Sitôt la période d'échauffement terminée, je vais m'asseoir au banc. Les deux premières périodes s'écoulent en un temps record. J'oublie qu'il est 7 heures (oui, oui, du matin!), j'oublie que mon père ronfle de nouveau dans les gradins, j'ai même du plaisir à regarder jouer les deux équipes. Et surtout, crois-le ou non, NB, je ne me ridiculise pas. Je ne tombe pas, je ne blesse personne, je ne fais aucune gaffe. Bon, je l'avoue, je ne mets pas une seule fois les patins sur la glace. L'entraîneur m'a gardée sur le banc, me disant que rien ne presse, que mon tour viendra. Ça me va tout à fait, NB. J'aime bien jouer au hockey, finalement.

Après les deux premières périodes de jeu, nous regagnons le vestiaire. Tout le monde est content : notre équipe mène 3 à 0. Tout à coup, Cédric s'exclame, en regardant dans son sac :

– Oh non! Je me suis fait voler mes cartes!

Zut de zut! J'étais tellement prise par le match que j'en ai complètement oublié cette histoire de voleur! Au boulot, Marie-P!

La troisième période vient de commencer. Je demande à l'entraîneur :

– Est-ce que je pourrais aller au vestiaire ? J'ai… j'ai… j'ai envie !

Pour que ce soit plus crédible, je me lève et me tortille sur mes patins. Facile ! De toute façon, je n'arrive jamais à me tenir droite sur ces lames minuscules ! L'entraîneur me jette un coup d'œil distrait avant d'accepter en grommelant. Je me dépêche de retourner au vestiaire. Pendant que tous les autres joueurs sont sur la glace, je veux fouiller leurs sacs pour retrouver les cartes. Je suis sûre que le voleur ne les a pas sur lui, il ne voudra pas les abîmer.

> Tout serait plus facile si j'avais au moins mon chapeau de détective…
> Courage, Marie-P !

Mon cœur bat à toute vitesse pendant que je prends le sac de Raphaël. S'il fallait que quelqu'un me surprenne !

Je fouille attentivement, sans rien découvrir. Je m'empare ensuite des sacs d'Édouard, de Dominic, d'Alex, de Zac... Rien de rien ! J'ai vérifié tous les sacs et personne n'a volé les cartes. Ou, du moins, personne ne les a cachées dans son sac...

Ce n'est plus le temps de chercher. Je ne peux pas rester dans le vestiaire plus longtemps sans éveiller les soupçons. Je reprends ma place au bout du banc, perdue dans mes pensées. Mon père ronfle toujours dans les gradins, mon équipe mène 5 à 1, Cédric, tu sais, le beau Cédric, me jette des sourires écla-

tants chaque fois qu'il passe devant moi. La troisième période file rapidement. Je repasse en esprit les sacs fouillés, les cartes disparues, et soudain un soupçon se forme dans mon esprit. Je lève la tête vers le tableau indicateur.

J'ai encore deux minutes pour vérifier quelque chose, NB! Je dis à l'entraîneur:

– Est-ce que je pourrais retourner au vestiaire? J'ai… j'ai… j'ai encore envie!

C'est ridicule, je sais, mais je n'ai rien trouvé de mieux! Je suis une très mauvaise menteuse. Il me regarde plus attentivement, cette fois, se penche vers moi et me murmure à l'oreille:

– Tu sais, si tu ne veux pas jouer, je ne t'obligerai pas, Marie-Paillette. Pas besoin de trouver des prétextes!

– Super! Merci!

Pas le temps de lui expliquer la vérité! Et puis… il a un peu raison: je ne veux pas jouer! Je file vers le vestiaire. J'ai maintenant moins de deux minutes pour résoudre mon enquête. Je te jure,

NB, je n'ai jamais été aussi vite sur mes patins. Une idée tourne sans cesse dans mon esprit : il y a deux sacs que je n'ai pas fouillés... Le mien et celui de...

J'y suis ! Je prends le sac en question et l'ouvre. Au fond, bien cachées sous une paire de jeans, reposent les trois cartes de hockey. Je suis partagée : je suis en colère contre ce prétendu voleur, je suis triste qu'il se soit moqué de moi, mais je suis aussi heureuse d'avoir résolu le mystère.

La sirène indiquant la fin de la partie retentit. Les joueurs reviennent tous dans le vestiaire. Quand Cédric apparaît dans le cadre de porte, je lui dis :

– J'aimerais te parler, Cédric.

Je sors dans le couloir, m'adosse au mur, les bras croisés, tenant difficilement en équilibre sur mes patins. J'ai quand même pris soin d'enlever mon casque. J'ai ma fierté. Je prends mon air le plus sévère.

– Ça y est, j'ai trouvé le coupable.

Cédric semble profondément surpris. Et un peu en état de panique, aussi.

– C'est... c'est vrai? Tu es sûre de ton coup?

Je fais oui de la tête. Il ne dit rien.

– Tu ne veux pas savoir qui c'est?

Il me lance un petit «Oui» nerveux.

– C'est toi, Cédric. J'aurais besoin d'explications.

Il rougit, balbutie, regarde par terre.

– Tu voulais te moquer de moi parce que je rêve de devenir détective?

Cédric semble tomber des nues, comme dit ma mère. Quoi, NB? Tu te demandes ce que ça signifie? Je t'explique:

TOMBER DES NUES v. 91) – fin XIIᵉ s.: «Être extrêmement surpris, décontenancé.» **Petit Robert**

Je disais donc que Cédric semble tomber des nues. Il s'écrie:

– Pas du tout! Au contraire! Je... je t'admire.

– Alors pourquoi m'avoir fait croire que quelqu'un volait tes cartes de hockey? Tu les as cachées toi-même dans ton sac, je les ai vues.

– C'est... c'est que... ouf... pas facile à dire... c'est que j'avais envie de passer plus de temps avec toi.

Là, j'avoue qu'il m'a eue, NB! Je m'attendais à tout sauf à ça!

– Quoi?!

– Je ne savais pas comment te le dire. J'ai pensé que si tu t'inscrivais au hockey, on se verrait chaque jour, même quand il n'y a pas d'école.

Et puis je me disais que tu ne trouverais pas le voleur puisqu'il n'y en a pas, donc ça nous obligerait à nous rencontrer pour parler de ce mystère...

Je garde le silence un moment, complètement sous le choc. Enfin, je murmure :

– Les choses auraient pu être beaucoup plus simples...

– Je sais, admet Cédric, honteux. Je suis désolé. Tu continueras le hockey ?

Je trouve Cédric charmant, oui, mais pas à ce point-là ! Je démissionne !

Je n'hésite pas une seconde :

– Alors là, pas question !

Le cœur battant, je regarde Cédric, tu sais, le beau Cédric... Il semble déçu. C'était une drôle d'idée, sa stratégie, mais il a été courageux de tout m'avouer, quand même... J'ajoute, plus doucement :

– Mais tu peux m'inviter à faire autre chose.

– On pourrait aller jouer au parc, demain? demande-t-il, tout content. On pourrait faire un bonhomme de neige, par exemple? Tu veux qu'on se rejoigne là à 6 heures?

Méfiante, je demande:

– À 6 heures... demain soir?

C'est bien à 6 heures du soir. Quelle bonne nouvelle!

J'enlève mon équipement en vitesse et je cours réveiller mon père. J'ai envie de chanter, de crier! Nous rentrons à la maison et je me précipite dans ma chambre pour tout te raconter, cher carnet. Heureuse, je mets mon chapeau de détective et je regarde la photographie de mon grand-père: il me semble qu'il m'a fait un clin d'œil moqueur... J'ai l'impression que de petits cœurs tourbillonnent autour de moi. Mais je me trompe peut-être. Avec toutes les grandes émotions que j'ai vécues aujourd'hui, j'ai l'esprit bien agité. Mes idées filent comme un hamster faisant du patinage de vitesse sur une patinoire. Mais un hamster qui saurait mieux patiner que moi, évidemment... Tout de même, je ne m'en tire pas trop mal. Tu te rends compte, NB? Je sors avec Cédric demain! Et je ne jouerai plus au hockey! Et j'ai résolu un autre mystère! Bien joué, Marie-P!

MOT DE L'AUTEURE

Je dédie ce cinquième roman de la série Marie-P à Alain M. Bergeron, parce que nous savons tous les deux que le but d'Alain Côté était bon!

©Anaïe Gouffé

Ce fameux but, je l'ai vu, dans les années 1980. Plus jeune, je n'ai jamais joué dans une équipe, contrairement à Marie-P, mais j'ADORAIS le hockey! J'étais une vraie mordue : je regardais chaque partie, je collectionnais les cartes de hockey, les autocollants, les articles sur mes joueurs préférés (Dale Hunter et Peter Stastny en tête!). J'ai pensé m'évanouir le jour où j'ai serré la main du gardien Vladislav Tretiak. J'étais membre du fan club des Nordiques et je rêvais de devenir leur coach. Depuis, j'ai changé d'idée côté métier et j'ai perdu beaucoup d'intérêt pour ce sport quand les Nordiques ont déménagé... Mais, avec mes filles, je vais chaque année au tournoi pee-wee et j'assiste régulièrement aux matchs des Remparts de Québec. Je participe aussi à un pool de hockey avec des amis depuis quelques années. Mon meilleur score : à la saison 2008-2009, je suis arrivée deuxième... J'ai bon espoir de réussir un jour à battre Jean-Philippe, qui a gagné le pool deux années de suite! À moi de jouer!

MOT DE L'ILLUSTRATEUR

Une seule personne s'y connaît mille fois moins en hockey que Marie-P : MOI!!!

©Annie Pronovost

Quand Martine m'a dit que le livre avait pour sujet ce sport où, de mon point de vue, on tape sur un bouchon de bouteille thermos avec un bâton qui ressemble à une rame tordue, je n'ai pas dormi pendant plusieurs nuits !

Je suis nul en sport. Alors, forcément, dessiner sur un sujet qui m'est si peu familier m'a surtout donné envie de partir loin, dans un pays où on ne me retrouverait jamais.

Malheureusement pour moi, Martine est une très bonne détective. Je n'avais pas encore mis les pieds à l'aéroport qu'elle me tirait de force (enfin, j'exagère un peu) au Colisée Pepsi pour assister à une rencontre.

Je n'ai pas tout compris ! Des joueurs qui ressemblent à des réfrigérateurs, une bestiole blanche qui fait la folle pendant les pauses, et de la musique à fond dans les oreilles ! Fiouw, le hockey, ça décoiffe !

Au moins, ça m'a permis de me documenter. Mais, ne vous y trompez pas, il se peut que mes dessins comportent quelques erreurs car, au fond, je n'ai pas saisi grand-chose.

LES AVENTURES DE MARIE-P

Auteure: Martine Latulippe
Illustrateur: Fabrice Boulanger

 Tu as trouvé les cinq lettres cachées?
Va vite vérifier sur mon site
www.mariepdetective.ca

si tu as trouvé la bonne réponse!